MINISTRE D'ESTAT FLAMBE

ensemble diverses pieces

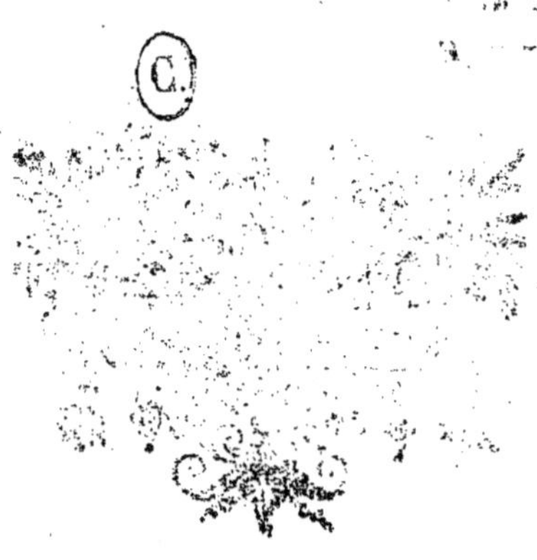

A PARIS

Chez JEAN DU BRAY, rue Saint-Jacques,
aux Espics meurs, à l'Estoille d'or, ou sur le Perron Royal.

LE MINISTRE D'ESTAT FLAMBE·

ridendo dicere verum

Quid vetat ?

A PARIS,

Chés IEAN BRVNET, ruë neuue S.
Louys, au Canon Royal, prés le Palais

M. DC. XLIX.

BVRLESQVE.

I L faut bien qu'vn chien de Lutin
Me mette la puce en l'oreille,
De prosner dessus le destin
D'vn homme qui fait le mutin
Qui se saoule d'vne bouteille,
Qui ne sçait ny Grec ny Latin,
Et qui n'est propre qu'à Marseille.

D'où diable me vient cette humeur
Mon ame est-elle point duppée
Moy qui ne suis qu'vn escrimeur
Suis ie bien deuenu rimeur,
Où ma verue est-elle occupée,
Et faut il dans cette rumeur
Ioindre ainsi la plume à l'espée?

Page viste, oste moy mon pot,
Il me seruira d'escritoire
Mais pour bien barbouiller ce sot,
Non pas en style de Marot
Mais en style bouffi de gloire,
Et pour le peindre en Astarot,
Cherche de l'ancre la plus noire.

4

Sans sçauoir ny qui ny comment
Ie sens en moy quelqu'vn qui i'aze,
C'est vne Muse assurement,
Qui pour Mazarin seulement
Me monte auiourd'huy sur Pegaze,
Mais à ce nom quel changement
Ce cheual tremble pour vn aze.

Hé quoy plus ie le veux pousser,
Et plus il se iette en arriere,
Ie ne puis le faire aduancer,
Descendans, il le faut laisser
Sans entrer dedans la carriere,
Et Mazarin sans finesser
Luy pourroit sangler la cronpiere.

Laissons donc là tout cét atour,
I'entends desia mon petit Page,
En as-tu? Quel heureux retour,
Cette ancre est noire comme vn four,
O le fauorable presage!
Ce mauuais Demon de la Cour
En aura dessus le visage.

Ha, ha, ie vous tiens Mazarin,
Esprit malin de nostre France,
Qui pour obseder son destin,
Faites le soir & le matin
Main basse dessus sa pitance,
A ce coup vous serez bien fin
Si vous esuités la potence.

Leuez

Leuez les yeux regardez moy,
Et n'usez d'aucun artifice.
Vous auez fauſſé voſtre foy,
Vous auez enleué le Roy,
Vous auez trahy la iuſtice,
Et vous auez fait ſans ſa loy
Encherir iuſque au pain d'eſpice.

    Vos malices ont eu leur cours,
Preſque par toute la nature,
Vous auez fait cent mauuais tours,
Vous auez ioüé tous les iours,
Et Createur & creature,
Et vous auez fait à rebours
Le gaillard peché de luxure.

    C'eſt où vous eſtes trop ſçauant
Cardinal à courte priere
Priape eſt chez vous à tout vent,
Vous tranchez des deux bien ſouuent
Comme vn franc couſteau de tripiere,
Et ne laiſſez point le deuant
Sans eſcarmotter le derriere.

    Des clergeons par vous careſſez
Vous ont tenu lieu de coquettes,
A cent Pages intereſſez
Que vos confidents ont dreſſez
Vous auez compté des ſornettes,
Et vous ne les auez laiſſez
Ny mains pures, ny gregues nettes.

    Vous vous eſtes ſeruy d'vn ſort
Pour chiffonner feſſes & mottes,

B

Pour enchaſſer dedans vn fort
Le genereux Duc de Beaufort,
Pour faire des fots & des ſottes,
Et pour vous aſſeruir d'abord
Et les calleçons & les cottes.

Au Sabath chaque Vendredy
Vous preſentez vne bougie,
Vous vous creuez le Samedy
De chair, auſſi bien qu'au Ieudy,
Voſtre priere eſt vne Orgie,
Et Grandier, Fauſte & Gaufredy
Vous ont enſeigné la Magie.

Vous n'auez iamais eu chez vous
Que gens indignes de louange,
Vos Pages ſont de ieunes fous:
Vos eſtaffiers de vrays filous,
Voſtre Suiſſe vne beſte eſtrange,
Vos Confeſſeurs des loups garous,
Et le Diable eſt voſtre bon Ange.

La Seine & le Rhin par vos loix
Vont auſſi mal que la Tamiſe,
Vous auez donné ſur les doigts
Du Parlement deux ou trois fois,
Et par la derniere entrepriſe,
Vous penſiez le mettre aux abois
Ou du moins le mettre en chemiſe.

Helas quel complot inhumain,
Quelle eſtrange rodomontade,
Quelle vœu paſſé de main en main
De prier Monſieur ſainct Germain

De conduire cette boutade!
Et de mettre le lendemain
Tout Paris en capilotade!
  Ouy vous tranchiez du Fierabras,
Et pensiez dans ce mal extreme
Nous coupper & iambes & bras,
Nous esgorger entre deux draps,
Traitter Noble & Bourgeois de mesme,
Et reduire le Mardy gras
Cette annee à faire Caresme.
  Ce point n'estoit point debattu,
Par les plus scrupuleuses ames,
Vous treuuiez moindre qu'vn festu
La resistance & la vertu,
De nos filles & de nos femmes,
Et vous pretendiez mettre à cu
Le renom de toutes nos Dames.
  Au mot de Paris vos Romains
En troubloient l'air de cris de ioye,
Et les Sarmattes inhumains,
Quoy qu'ils prennent à toutes mains
Aimoient moins en auoir la proye,
Que d'en faire auec les Germains
Ce que les Grecs firent de Troye.
  Ia desia ces busles du Rhin,
Et ces bonnets du Boristhene
Ont mis en feu meule & moulin
Ou Daillé, Faucheur, Aubertin
Font chanter à perte d'haleine,
Et se font promis dans le vin

D'y bruler vn bras à demi.
     Leur luxure & leur cruauté
Treuuent par tout de la matiere,
C'est pour eux vn point arresté
Que l'abondance & la beauté
Leur doiuent vne chose entiere,
Et dans cette necessité
    Tout est bordel, ou cimetiere.
     Iamais siecle n'a descouuert
De plus grands abateurs de quilles,
Par eux tout passage est ouuert,
Priape comme Iean de Viuert
Prend sans quartier garçons & filles,
Et le grand Diable de Vauuert
Auroit moins honni de familles:
     Voila le fruict de vos leçons
Que pratiquent vos bons Apostres,
Par qui l'on voit en cent façons
Dancer harnois ou calleçons
Auec nos Dames & les vostres,
Et par qui filles & garçons
S'enfilent comme Patenotres,
     Voila les beaux chariuaris
Dont vostre fureur est suiuie,
Faut-il que femmes & maris
Dans neuf mois entendent les cris
D'vne race à peing assouuie
Et qu'vne moitié de Paris
En doiue l'autre à cracquuie?
     Mais passons, nos beaux tortillons,
Et ces

Et ces grands casseurs de raquettes
Qui volent comme papillons,
Qui courent comme postillons
Apres l'argent de nos layettes,
Et laissons tous ces cotillons
A la mercy de ces brayettes.

Par vous pernicieux Agent
Nos cheuaux ieusnent à la créche,
Vous auez volé nostre argent,
Il n'est endroit ou le sergent
N'ait fait quelque mortelle bréche,
Et par vous le peuple indigent
Ne sçait de quel bois faire fléche.

Les imposts ont flus & reflus
Sur nos pretieuses tauernes,
Et par vos iniustes refus
Vous auez rendu si confus
Tous les officiers subalternes,
Que ces pauures gens ne vont plus
Que la nuict comme les lanternes.

Vn Prince en vain vous demanda
Du secours pour la Catalougne,
Et le siege de Lerida
Qui nous fit chanter des O uyda!
D'vne folle & piteuse trougne,
Fit voir que l'argent n'aborda
Qu'au port de l'hostel de Bourgougne.

Ce fut lors que les deli{cats}
Virent bien nostre perfidie,
Que vous riuez à tout de bras

C

Des farçeurs dont vous faisiez cas
Pour quelque sotte Comedie,
Cependant qu'ailleurs nos soldats
Iouoient leur propre Tragedie.

Les François estoient resiouys
Que nostre France fut pourueuë
D'vn si grand nombre de Louys,
Mais ils se sont esuanouys
Par vostre auarice impreueuë,
Et les ont si bien esblouis
Qu'ils en ont tous perdu la veuë.

Le marchand par tout endebté
N'a plus personne à sa boutique;
Ciceron n'est plus escouté,
Sainct Cosme n'est plus consulté,
Sainct Yues reste sans pratique,
Et dans leur merite enchanté
La fortune leur fait la nique.

Le meilleur bocan du marais
Deuient presque vne solitude,
La Decombe y regente en paix
Gens d'espée & gens de Palais
N'y causent plus d'inquietude,
Et Priape y casse du grais
Aux filles qu'il mit à l'estude.

Le poulet d'inde & le cochon
Ne leur doiuent plus rien de rente,
Marotte, Cataut, & Fanchon
Qui vendent iusque à leur manchon
Y sont vaines tables d'attente,

Et Babé, Margot, & Nichon,
N'y font pas plus que la seruante.
    Le Bretilleux est sans chalands
Morel n'enseigne plus à lire,
Boisseau n'estalle plus d'escrands,
Martial ne vend plus de gands,
Rangouze ne sçait plus qu'escrire,
Richard ne va plus chez les grands,
Et Vinot n'a plus dequoy frire.
    Neuf Germain ne dit pas vn mot,
Les Muses ne l'ont plus pour Mome;
Le Sauoyard plaint chaque escot;
L'Oruietan est pris pour sot,
Il n'a ny theatre ny baume;
Et Cousin, Saumur, & Sercot
Ne gaigneut plus rien à la paume.
    Cardelin semble estre perclus,
Son corps n'opere plus merueille,
Carmeline en vn coin reclus
Voit ses Policans superflus;
Le Coutelier mesme sommeile;
Et Champagne ne coiffe plus
Que la poupée ou la bouteille.
    Sur le pont-neuf Cormier en vain
Plaint sa gibeciere engagée,
La Roche y prosne pour du pain,
La pauure foire sainct Germain
Fait des cris comme vne enragée,
Et les pages n'ont plus de main
Pour en excroquer la dragée.

Le credit par vous occuppé
Fait par tout de sanglanses cources,
Tout nostre bon-heur est frippé
Nostre cher espoir est duppé
Nos mal-heurs n'ont plus de ressources,
Et nostre heureux sort vsurpé
A fait des balons de nos bources.

Vous estiez plus ferme qu'vn roc
Quand vous heurtiez quelque personne,
Vous auez inuenté le Hoc
Qui met la conscience au croc
Des l'instant mesme qu'on s'y donne,
Et le frere coiffé du froc
Vouloit l'estre d'vne couronne.

Vos niepces, trois singes ragots
Qu'on vit naistre de la besace,
Plus méchantes que les vieux gots,
Et plus baueuses qu'escargots
Pretendoient icy quelque place,
Et vous esleuiez ces magots,
Pour nous en laisser de la race.

Elles auoient fait leurs adieux
A leurs parens de gueuserie,
Pour s'accoupler à qui mieux mieux
Aux Candales, aux Richelieux,
Aux grands maistres d'artillerie,
Rauis de voir en d'autres lieux,
Les singes & la singerie.

Vous n'auez point encore ieusné
Ny Vendredy sainct ny Vigile,

L'innocen:

L'innocent par vous condamné
A bien plus souffert qu'vn damné,
Que dis-ie vn damné plus que mille?
Ou pour n'estre pas mal meiné,
Il a fallu qu'il ait fait gille.

     Vous auez creé des imposts
Sur les plus simples marchandises,
Vous auez fait mal à propos
Encherir la liqueur des pots
Pour qui ie vendrois mes chemises,
Et prenez de nostre repos
Les vsures & les remises.

     Vous voyez nos maux sans blesmir,
Ils frappent en vain vostre oreille,
Vostre credit veut s'affermir
Sur des taxes qui font fremir,
Et si vostre fureur sommeille,
Pour nous empescher de dormir
Le moine bouru la resueille.

     Par vous le conseil infecté
N'a plus rien de bon que la mine,
Il se porte à l'extremité
Pour nous oster la liberté
D'auoir icy quelque farine,
Et vous nous auez tout osté,
Hors la crainte de la famine.

     Quoy qu'aient peu faire vos supposts
Pour nous enuoier la tempeste,
Parmi nos cris & nos sanglots
Nous meslons pourtant quelques rots,

Nous prenons du poil de la beſte
Qui fait enrager Atropos
Depuis les pieds iuſque à la teſte.

En effet quoi que dés long-temps
Vous voliez tous à tire d'aiſles,
Malgré vous & malgré vos dents
Nos conuois nous rendent contens
Et tous nos Generaux fideles
Font chez vous plus de penitents,
Que vous ne faites de quereles.

Vous penſiez faute de morceaux
Mettre à nos iours de courtes bornes,
Mais depuis peu, chappons & veaux,
Becaſſes, moutons, lappereaux,
Nous empeſchent bien d'eſtre mornes,
Paris eſt fourny de pourceaux,
Et creue de beſtes à cornes.

Cependant la pomme de pin
La Chaſſe, l'Eſcharpe, & la Couppe,
L'Aigle, les Faiſans, le Dauphin,
Le Cormier & le gros Raiſin
Ont touſiours depuis quelque trouppe,
Confuſe de voir que le vin
N'y reproche rien à la ſouppe.

C'eſt là que nous beniſſons tous
Nos reſſentimens legitimes,
Que nous voyons à deux genoux
Les traicts qu'Apollon contre vous
Décoche tous les iours en rymes
Et qu'il s'y boit autant de coups,

Que vous auez commis de crimes.

    Mais c'eſt trop long-temps caquetter,
De toutes parts le peuple aborde,
Qui ſans doute vient d'arreſter
Qu'on ne deuoit point le traitter
Sur à l'aide miſericorde,
Qui nous a fait ſouuent chanter
Qu'on peut eſtre pendu ſans corde.

    Mazarins! quel eſtrange ennuy,
Voila deſia qu'on me l'enleue
Il n'a plus d'eſpoir ny d'appuy,
Grais & leuiers pleuuent ſur luy
Et s'il n'en reçoit quelque trefue,
Maiſtre Iean Guillaume auiourd'huy
N'officiera point à la Greve.

    L'y voila pour noſtre intereſt,
Viſte bourreau qu'on le ſecoüe,
Tout va bien, Maiſtre Iean eſt preſt,
Ha par bieu, voila qui me plaiſt,
O iuſtice que ie te loüe!
Mais dans le bel eſtat qu'il eſt,
Il nous fait encore la moüe.

    Pour Dieu ne te rebute pas
Fais paroiſtre icy ta vaillance,
Imprime tes pieds ſur ſes bras,
Tiens t'y droit comme vn eſchalas,
Acheue en luy noſtre ſouffrance,
Et ne te plains point d'eſtre las
De faire du bien à la France.

    Encore trois ou quatre coups

Mon pauure Maiſtre Iean Guillaume,
Peſe plus fort, contente nous,
Fais ſi bien auec tes genoux,
Que les carabins de ſainct Coſme
Eſcorchent viſte au gré de tous,
L'eſcorcheur de ce grand Royaume.

Allons benir Dieu promptement
Dans l'Egliſe de noſtre Dame,
C'en eſt fait : o l'heureux moment !
Le Bourgeois & le Parlement
Ne craindront iamais cét infame,
Le bourreau prend ſon veſtement,
Et le Diantre gobe ſon ame.

EPITAPHE.

Icy giſt pour long temps, ou pluſtoſt pour iamais
Vn homme dont chacun maudit la deſtinée,
Dieu luy veuille donner la paix
De meſme qu'il nous la donnée.

D. B.